अब शंघाई दूर नहीं

वाणी प्रकाशन

वाणी प्रकाशन

4695, 21-ए, दरियागंज, नयी दिल्ली 110 002

शाखा

अशोक राजपथ, पटना 800 004

फ़ोन: +91 11 23273167 फ़ैक्स: +91 11 23275710

www.vaniprakashan.in

vaniprakashan@gmail.com

Ab Shanghai Door Nahin

Collection by World Comics India

ISBN: 978-93-5000-556-9

Comics

प्रथम संस्करण

मूल्य : ₹395

नाइस प्रिंटिंग प्रेस, दिल्ली 110 051 में मुद्रित

वाणी प्रकाशन का लोगो मक़बूल फ़िदा हुसेन की कूची से

आज से अपना थैला

शर्मा जी रसोई में....
कुछ सामान निकाल लु पोलीथिन को बाहर फेक देता हु
गाय ने खा लिया कोई नहीं....
डा. साहब मेरी गाय
पोलीथिन खा लेने से गाय की मौत हुई है
लो लिजिए सामान
नहीं मै पोलीथिन नही लुगा आज से मैने थैला लाना शुरू कर दिया है
किराना स्टोर

लक्ष्मी स्वामी

अजित फाउंडेशन बीकानेर

{जहरीली याद}

मेरी सहेली की मम्मी को गैस लगी हुई थी उन्होने मुझे गैस काण्ड के बारे में बताया के जब गैस निकली थी तब बहुत लोगो की जान गई थी
उनके इलाज के लिए सरकार ने सरकारी हॉस्पिटल खुलवाए जिनलोगो को गैस लगी है वह आज भी बिमार रहते हैं।
गैस 3 दिसम्बर 1984 में निकली थी जब गैस निकली तब उनकी उम्र करीब 16 साल की थी।
तब उन्होने मुझे बताया की जब से गैस निकली है तब से हमारी तबयत खराब रहती है तो उन्हे सभी लोगो ने डॉक्टर के पास जाने की सलाह दी।

बेज़ान पेड़ों की ज़ुबान

एक आदमी था उसका नाम जगदीश था। उसके दोस्त का नाम गौरव था।
देखो वह आ रहा हैं।
चलो पेड़ काटते हैं।
अरे भाई हमें मत काटो।
दूसरे दिन
ला लला ललला....
रुको दोस्त रुको
तुम पेड़ो को क्यों काट रहे हो। अगर तुम पेड़ो को काटोगें तो ऑक्सीज़न कैसे प्राप्त करोगें। और पर्यावरण भी दूषित होगा।
यह बात तुम ठीक कह रहे हो अब से मैं पेड़ो को नही काटोंगा।

7-6-08 ALKA

अक्ल कब आएगी

दो दोस्त थे। एक बार...
CHIPS
USE ME
उनकी नज़र कूड़े के ढेर पर जाती है।
ओहो
छीईई ई
पता नहीं लोग कूड़ेदान का उपयोग क्यों नहीं करते ?
हां, यार
CHIPS
कुछ समय के बाद
पता नहीं लोगों को अक्ल कब आएगी।
कूड़ेदान

Anju VII th
Chandra Arya Vidya Mandir

डालफिन की रक्षा-गंगा की सुरक्षा

एक मछुआरा गंगा नदी में मछली पकड़ता था। धीरे-धीरे मछली कम हो गयी, तो उसने सोचा
डाल्फिन का शिकार करके अधिक मछली पाऊँगा
मछली बेचने से अधिक पैसे मिलेंगे
वाह! अरे पकड़ लिया, अब डाल्फिन से तेल निकालुगाँ।
डाल्फिन के तेल से मछली का शिकार करूगाँ। और अधिक पैस कमाऊँगा
यह तुमने गलत कार्य किया इससे गंगा के जीव जंतु लुप्त होंगे तुने चंद रूपये के लिए पारिस्थितिकी तंत्र को बिगाड़ दिया।
आह! चंद रूपये के लिए मैं लालची बन गया।

ASHOK KUMAR SINGH
PARIDHI BHAGALPUR

मन्टू गया बाजार

एक दिन मन्टू के घर पर मेहमान आए हुए थे...
बेटा बाजार से कुछ साब्जियाँ ले कर आ...
ठिक है मम्मी...
बाजार मे...
हाँ बेटा क्या चाहिए
1kg आलू, भीडी 1kg और बैंगन 1/2 kg देना...
ये लो बेटा
अंकल आप मुझे पॉलिथीन मे क्यो नही देते कागज का थैला तो फट जाता है...
बेटा पॉलिथीन से पर्यावरण प्रदूषित होता है इसलिए सरकार ने इसे बन्द करा दिया है
धन्यवाद अंकल जी अब से मैं भी पॉलिथीन इस्तेमाल नही करूँगा।
Name = Ashra

गंगा

ये है. गंगा नदी पहले यह स्वच्छ और निर्मल थी. मछली भी खुब मिलती थी. गंगा वासी बहुत खुश थे!
धीरे-धीरे शहरीकरण और औद्योगिकरण से गंगा के पानी को प्रदूषित हो गया!
अब पानी इतना गंदा हो गया है कि पीने से घर में सभी बिमार हो गए है!
मछली भी अब नहीं मिलती है!
गंगा वासी सोच में पड गए!
हमारी ही लापरवाही के कारण आज गंगा प्रदूषित हो गई है!
मैं भी कोशिश करूँगा कि गंगा में कपरा न डालूं
और फिर...
गंगा को अब हम कभी प्रदूषित नहीं करेगें और न ही कपरा डालेंगे!
हाँ. है

"Dinesh" ... Bhagalpur

चूहों की दावत
यह महिला कितनी गंदगी फैला रही है...
ठीक है यह पेड़ तुम्हारे दादा ने लगाया था पर सफाई तो रखो
मुझे पता है कब सफाई करनी है तुम अपना काम करो... जाओ
और फिर एक दिन...
Art By: Ismail

"मैं जीना चाहती हूँ"

दो दोस्त यमुना किनारे घूमने आती हैं...
ऊफ!! कितनी बदबू आ रही है! यहाँ नहीं आना चाहिये था।
अरे! यहाँ पास में एक नया MALL खुला है, वहाँ घूमते हैं।
अरे!! यहां क्यों फेंक रही हो ???
क्या फर्क पड़ता है?... यहां पहले से ही इतना कूड़ा है!
CHIPS
USE ME
दोनो दोस्त शहर की ओर जाती हैं...
KEEP DELHI CLEAN & GREEN
A ONE PLAZA
वाह! कितना अच्छा MALL है! मज़ा आयेगा।
हम्म... हमने कितना विकास कर लिया है। दिल्ली तो उन्नति कर रही है।
WELCOME
अच्छा! अच्छा! कूड़ा भी तुम्ही लोग फेंकते हो, और विकास की बात भी तुम्ही करते हो?

ताहा,
नयी दिल्ली

आखिर कब तक...?

डुंगरीडीह गाँव से सटा हुआ युरेनियम माइन्स ।
एक महिला "जोआर" के आदमी से पुछा...।
मेरा बेटा को क्या हुआ है ।.. साहब
ये सब युरेनियम के प्रभाव के कारण विकलांग हुआ है। कल तुम ग्राम प्रधान से मिलकर UCIL के विरुद्ध आंदोलन के लिए सभा बुलाओ। विरोध के लिए हम भी आपके साथ हैं।
JOAR
दुसरे दिन ग्राम सभा होती है।
क्या आप सब विरोध के लिए तैयार हैं।
हाँ..हाँ हम सब तैयार हैं।
UCIL के सामने नारे लगाते-लगाते कंकाल होते लोग।
UC
IL
STOP
बंद करो..। बंद करो..।
युरेनियम माइन्स बंद करो।

Madhu Soren . JOAR (jadugoda)

"आपदा के बीच अवसर"

अरे भाई विक्रम कैसे हो? स्कूल क्यों नही आ रहे हो?
अरे यार क्या कहूँ बारिस के कारण हमारे घर पानी आ गया है।
हां बारिश ने तो तबाही मचा दी. इसने कई घरों पेड़ों व सड़को को अपने साथ बहा ले गई।
इतनी बारिश के बावजूद भी हमें पीने के पानी की कमी हो गई क्योंकि बारिश ने नल को भी बहा दिया।
हाँ दोस्त तुम सही कह रहे हो
महेन्द्र बारिश से हमें हानि तो हुई है। लेकीन कुछ लाभ भी हुए है जैसे हमारे पुर्वजों के बनाये नौले बारिश के कारण भर गये है. इन्हे हम साफ करके पानी लेजा सकते है।
नौला

महेन्द्र सिंह

मुसीबत को बुलावा

मां अपने बेटे रामू व श्यामू से...
तुम दोनों जाओ और वनों से सूखी लकड़ियां व फल लेकर आओ।
वनों में पहुंचकर अचानक!.......
जल्दी सूखी लकड़ियां और फल लेकर मां के पास चलो!
मां को सूखी लकड़ियां व फल मिल जाते हैं व बेटों में बातचीत होती है कि.........
भैया वन तो जल गये
जलते हैं तो जलने दो हमें क्या परवाह
क्या! वन जल गये।
वनों के जलने के कुछ दिनों बाद मां को जलाने के लिए लकड़ी और फल नहीं मिलते हैं तब मां दुःखी होकर बेटों से कहती हैं...
अरे! बेवकूफों तुमने तो वनों को जला दिया अब मैं खाना कैसे बनाऊं? अब मैं क्या करूं!
मां अबसे हम वनों की सुरक्षा करेंगे और उनको बढ़ाएंगे।

मनीष खंडेलवाल
अलवर (राज.)
School - Shri Oswal Jain Se. Sec. School
class - VIII [B]

ठिकाने पर घर

जाओ अपना काम करो।
अरे भय्या यहाँ गलत जगह है, यहाँ घर मत बनाओ।
भाई बहुत तेज बारिश हो रही है, संभल कर रहना तुम्हारा घर भी गलत जगह पर है।...
थोड़ा देर बाद उसकी छत बारिश की वजह से टूट गई और उसके ऊपर गिर गई। वह मर गया।
धड़ाम!!
अगर हमारा घर सही जगह पर होता तो ऐसी दुर्घटना नहीं घटती ...।

मंजू जोशी

जंगल उजाड़ने की सजा

लकड़ी माफिया के द्वारा रुपये का लालच देकर जंगल को कटवाते हैं।
कुछ ही सालों बाद
पूरे जंगल काटकर साफ हो जाता है।
मानसून पर असर पड़ने से पानी नहीं होता है, अकाल पड़ जाता है।
लोगों का जीवन स्तर बिगड़ जाता है।
भगवान मेरी कौन सी इतनी बड़ी गलती हो गई जो मुझको रोटी कपड़ा और मकान से वंचित कर दिया।
SINDHU SINGH PURT

राहत किसके लिए ?

सुनामी
वाह ! अब सुनामी राहत के लिए खूब पैसा इकट्ठा करूँगा।
कुछ समय बाद...
वाह ! खूब माल आया जय सुनामी देवता।
TSUNAMI DONATION BOX
वाह ! Party हो गई। एक-दो सुनामी और आ जाए तो Life बन जाए!
कुछ दिन बाद...
हलो !! अच्छा... वाह, एक और प्राकृतिक आपदा

शानू प्रसाद
(प्रवाह)

हरा सोना
एक बूढ़ा व्यक्ति आम का पौधा लगा रहा था।
बाबा भला इस उम्र में यह पौधा क्यों लगा रहे हैं?
आपका एक पैर तो कब्र में है। क्या आप इसके फल खा सकेंगे?
जरूरी नहीं कि जो पौधा लगाए वही उसका फल खाए।
पेड़-पौधे तो समाज की धरोहर होते हैं।
क्यू न हम सभी मिल कर पौधे लगाए

हमार बतिया कॉमिक्स मंच द्वारा प्रकाशित "लकीरों से संदेश"

Amresh
Kanti (Muz)
Bihar

नतीजा

माँ मैं एक पार्टी में जा रही हूँ, देर रात तक लौटूंगी।
नहीं बेटी इस तरह अकेले बाहर नहीं जाना चाहिए।
ओह! शायद कोई मेरा पीछा कर रहा है, मुझे जल्दी भागना चाहिए।
हा! हा! हा!
बचाओ! बचाओ!
आगे से ऐसा मत करना ठीक है, क्योंकि इसका नतीजा देख तो लिया न?
मम्मी! मुझे माफकर दो आगे से ऐसा नहीं करूंगी।

Archana

अन्धेरे में उजाला
देखा मैं कहता था उसे स्कुल मत भेजो
आने दो उसे. सुबह सें गई है। शाम हो गई
जब राधा घर पर पहुँचती है...
ओ..बचाओ
अरे इसे क्यों मार रहे हो।
जब राधा से पुछा गया
जरुर किसी लड़के के.....
नहीं। नहीं!
मैं जब घर के लिए रवाना हुई तो एक बच्चे की गाड़ी छुट गई थी मैं उसे घर पहुँचाने गई तो लेट हो गई और आप लोग तो.....
अरे बेटी ऐसी बात है। तुमने तो हमारी आँखे खोल दी
Damodra
Class- IX B
Rawneri

छोटी गलती बड़ा हादसा

चलो भाई लम्बा सफर है। थकान मिटाने के लिए सिगरेट पिते हैं।
आपको मालूम पर सिगरेट नहीं ट्रेन पिना सरक मना है।
मैं तो भाई सिर्फ अपना थकान मिटाना चाहता हूँ।
तभी अचानक एक चिंगारी ट्रेन पर गिर जाती है। और चारों तरफ ट्रेन मे आग लग जाती है।
मैंने आपको मना किया पर आप नहीं माने आप खुद देखो कितना नुकसान हुआ है।
अब मैं संकल्प करता हूँ की मैं अपने जिंदगी मे कभी भी सिगरेट नहीं पिऊंगा।

Deepak Kumar

झूठी शान

जल्दी करो सिर्फ दस मिनट बचे हैं
परीक्षा भवन
ABC
ये तो फेल कर गई नालायक मेरी नाक कटवा दी, जा कहीं डूब मर
फेल
ठहरो बेटी, ये क्या कर रही हो
संजू कहाँ चली गई खाना भी नहीं खायी
आप अपने बच्चों पर झूठी महत्वाकांक्षाएं थोपते हैं, जिससे बच्चे ऐसा कदम उठाते हैं।
उफ्फ! मैं समझी हमें बच्चे पर दबाव नहीं देनी चाहिए

उमा सिंह

सुनो बेटी की बात

बेटी अब हम तुम्हारी शादी करना चाहते हैं, अब तुम्हारी उम्र शादी लायक हो गई है
माँ, मैं अभी शादी नहीं करना चाहती हूँ।
लेकिन उसकी शादी जबरदस्ती करवा दी जाती है, एक दिन...
पहले अपने मायके से पैसे लेके आओ तभी यहाँ आना। वरना यहाँ से निकल जाओ।
माँ, माँ मेरे ससुराल वाले मुझे मारते हैं, और मेरे साथ बुरा व्यवहार करते हैं,
बेटी लड़की को तो अपने ससुराल में ही रहना पड़ता है तुम अपने ससुराल चले जाओ।
कुछ समय बाद उसके ससुराल वाले उसकी हत्या कर देते हैं,
काश मैं अपनी बेटी की मदद करती और उसकी बात सुनती तो आज वो जिन्दा होती,

Hemlata Adhikari

हेमलता अधिकारी

खेलना मतलब क्या...?

अचानक...
जब देखो तब खेलते रहते हो... इससे कुछ नहीं होने वाला... जाओ पढ़ाई करो!
क्या))) यार... देश में एक भी ढंग का खिलाड़ी नहीं है.... हमेशा नाक कटा देते हैं....
OH! SHIIT फिर से हार गए!!!
IND vs PAK
0 — 8

JITENDRA THAKUR
EKLAVYA BHOPAL.

एक अनपढ़ कहानी

माँ, मुझे भी नंदन की तरह पढ़ना है। क्या मैं स्कूल जा सकती हूँ ?
नहीं रमा! स्कूल की फ़ीस भरी तो दहेज कहाँ से जुटाऊँगी? तुम लड़की हो, घर का काम सीखो।
जब रमा 18 वर्ष की हुई
माँ मुझे परदेस क्यों ब्याह दिया?
अनपढ़ गँवार बदसूरत!
हाय! मैं क्या करूँ! माँ-बाप को पीड़ा बताने के लिए पत्र लिख नहीं सकती, अनपढ़ जो हूँ। मैं अबला नारी क्या करूँ?
बहन तुम्हारे लिए एक दुखद खबर है। तुम्हारी बेटी रमा.......।
हे राम! क्या कह रहे हो? रमा ने अपनी जान ले ली? यह नहीं हो सकता! काश मैं अपनी बेटी को बोझ न समझती और पढ़ा लिखाकर सशक्त बनाती तो शायद ऐसा न होता।
डाक

प्रतीची जोशी

ऐसे मिला सबक

लो बेटा दूध ले पीलो
सब भाई को ही ख्याल करते है हमारा तो कोई नहीं
माँ हमें भी आपके प्यार का पूरा अधिकार है
मेरे लिए तो बेटा ही सब कुछ है
एक दिन उसकी माँ का तबियत खराब हो जाता है
बेटे को खबर कर दिया लेकिन अभी तक वह नहीं आया
जब बेटियों को यह मिली
माँ आप जल्दी अच्छी हो जायेंगी
हमने इनके साथ असमान व्यवहार किया मुझे देखने बेटा तो नहीं लेकिन बेटियाँ आ गईं

निधि दूबे मुजफ्फरपुर

अब ऐसा नहीं होगा

दोपहर के खाने के बाद जब बच्चे खेलने जाने लगे तब......
बेटा, तुम खेलने जाओ! रीना नहीं आयेगी
माँ मैं क्यों नहीं जा सकती खेलने?
तुम खेलने जाओगी तो घर का काम कौन करेगा?
कभी मुझे भी इसी तरह रोका गया था! इसलिये मैं कुछ नहीं कर पाई!
जाओ बेटी तुम भी खेलो अब ऐसा नहीं होगा! मुझे अपनी गलती पता चल गई!
PREETI BIST

जल्दी क्या है ?

नाबालिग रीना का कुपोषित बच्चा
हे राम, मेरा बच्चा भी दुसरो जैसा हृष्ट-पुष्ट क्यो नही
रीना के सास ससुर......
मनहूस कैसे कुपोषित बच्चे को जन्म दिया
जा अपने माँ बाप के घर जाकर इसका इलाज कराओ
रीना रोती हुई माँ के घर पहूचती है
माँ, बताओ अब मैं क्या करू ?
शायद गलती मेरी थी कि अपनी बच्ची को माँ कब बनाना चाहिए मैने यह नही सोचा

प्रीति मंगल

यह तो होना ही था

रेणु की कम उम्र में शादी होती है।
शादी के कुछ महिनों बाद
आह! मैं माँ बनने वाली हूँ।
जब प्रशव का समय आता है, तो ऑपरेशन करना पड़ा।
बच्चा मरा हुआ था।
ये क्या हो गया।
आप लोग अपने बच्चों की शादी कम उर्म मे करेंगे तो यह होना ही है।

Ranjeet-5III

झूम बराबर झूम
मोहन के पिता और साथी→
यार ... मोहन बहुत शराब पीने लगा है मैं तो बहुत परेशान हो गया हूँ क्या करूँ?
उसकी शादी कर दो जिम्मेदारी बढ़ेगी तो खुद ही सम्भल जायेगा।
कुछ समय पश्चात शादी के बाद भी
खाना खा......। ऊँह अरे मैं तो परेशान हो गई ये तो दिन रात बस शराब ही पीते रहते हैं। क्या करूँ?
अब मुझे ही कुछ करना होगा।
वाह मजा आ गया।
सुबह सुबह
सिर दर्द हो रहा है क्या करूँ?
ये क्या है?
पिता जी मैं भी आज से आपके साथ दारू पीऊँगा।
मैं बहुत शर्मिन्दा हूँ। आज के बाद कभी शराब नहीं पीऊँगा मुझे माफ कर दो।
SANTOSH

दाखिला
रानी की माँ का व्यवहार उसके प्रति बहुत गलत था..
तू लड़की होकर बाहर खेलने जायेगी
माँ ऽऽ
एक दिन
माँ मैं भी स्कूल जाना चाहती हूँ
तू पढ़ लिख कर क्या करेगी
?
उसकी पड़ोसन उसको समझाती है।
अरे तू रानी को स्कूल क्यों नहीं भेजती
उसे ससुराल जाना है पढ़ लिख कर क्या होगा
तुम्हे याद है, जब बैंक गई थी। तब अनपढ़ता ने क्या-क्या परेशानियाँ खड़ी की थी। क्या तुम भी चाहती हो कि रानी को भी यही सब सहना पड़े
तुम सही कहती हो बहन उसे कल ही स्कूल दाखिला दिला दूंगी।
Name→ Sadhna Kumari
Class- V
Sec- V

अंधविश्वास
सोहन मोहन स्कूल मत जाओ बिल्ली रास्ता काट दी है कोई भी घटना घट सकती है
जाने दो उन दोनो को स्कूल देर हो जाएगी और परीक्षा छूट जाएगी
सोहन की माँ अपने बेटे को रोक लेती है जबकि मोहन स्कूल चला जाता है।
मोहन बेटा तुम स्कूल चले जाओ अपनी परीक्षा अच्छी तरह लिखना
मोहन परीक्षा लिखता है और पास हो जाता है
माँ मैं पास हो गया
बहुत अच्छा बेटा।
परीक्षा ना लिखने के करण सोहन फेल हो जाता है।
माँ अपने मुझे स्कूल जाने से रोक लिया जिसके कारण मैं फेल हो गया।
मैं अपनी गलती के लिए बहुत शर्मिंदा हूँ बेटा

सरस्वती देवगम, चाईबासा

खबरों की लो खबर
एक शहर में .... ।
माँ, मैं कॉमिक्स के दिशा में बहुत आगे बढ़ना चाहती हूँ।
हाँ ये तो बहुत अच्छी बात है ।
कॉमिक्स ट्रेनिंग के लिए दिल्ली जाने का मौका। इसी बीच .... ।
पिता जी मैं कॉमिक्स ट्रेनिंग के लिए दिल्ली जाना चाहती हूँ ।
सफा मैं तुम्हें नहीं जाने दूंगा क्योंकि काल ही न्युज में देखा की एक लड़का राष्ट्रपति का पुरस्कार लेने गया और लौट कर अभी तक नहीं आया ......।
माँ पिता जी को समझाती है ....।
पर सब के साथ तो एक जैसा तो नहीं होता है ....।
तुम समझते क्यों नहीं हो जब उस लड़के के साथ ऐसा हो सकता है तब ये तो लड़की है
मीडिया के गलत प्रभाव पड़ने के कारण मेरा आगे बढ़ने का एक मौका चला गया ----।

AFsana - Sec-I

मेरा हक

यह औरत भी पीने के पानी के पास बैठ जाती है
पाठशाला
माफ करना बहन-जी
ये क्या कर रही है पीने के पानी को हाथ लगा रही है तुम्हारी नीची जाती है मालूम नही
महिला संगठन
मेरे साथ छुआ छुत किया जाता है मुझे न्याय चाहिए
तुम्हे न्याय जरूर मिलेगा
पाठशाला
आपको मालूम नही है कि छुआछुत करना कानूनी अपराध है.
माफ कीजिए

अलका मीणा
भरतपुर

ऐसी सोच क्यों

एक गाँव
बेटा। तुम्हे पता है, बहु माँ बनने वाली है. मुझे तो इस बार चाँद सा पोता चाहिए!
माँ मुझे ये बात जानकर बहुत खुशी हुई!
ऐसी हालत में तुम काम मत करो!
माँ मैं तो यूही ....।
एक दिन .....।
मुबारक हो माँ जी आप की बहु को बेटी हुई है
हाय रे हमारी तो किस्मत ही खराब हो गई!
माँ आप क्यों रो रही हैं, आप ये क्यों नहीं सोचती की आप भी कभी बेटी थी......!
Art by A.Saha

मदद

भोजन रहते हुए भिखारी को न देकर नीचे फेंक देता है।
अल्ला के नाम पर थोड़ा भोजन दे दो बाबा!
चलु कहीं और जा खाना नहीं है!
कुत्ता फेंका हुआ भोजन खाने आता है, तो कुत्ता को वह आदमी मारता है और कुत्ता उसे काट लेता है
भीखारी इसे डा. के पास ले जाता है।
भिखारी अपने एकत्र पैसे से इसका इलाज करवाता है तथा दिन-रात सेवा करता है।
इस भिखारी ने मेरी मदद की है। कितने शर्म की बात
भिखारी के इस स्नेह को देखकर यह तय करता है कि मैं भी सभी का सहायता करुँगा!

बेबी सुप्रिया काजीचक चौरसी रोड, समर कैम्प 07
Bhagalpur, BIHAR

धर्म के गर्म चमचे

मालूम है दो आगे की दुकान किसकी है और यहां क्या बिकता है? यह दुकान धर्म की है यहां पर धर्म की रक्षा का समान बिकता है...
तुम हमारी दुकान क्यो नही चलने देते हो...
हम नही आप हमारी दुकान बन्द करना चाहते हो
अरे;;; पण्डित जी और मौलाना साहब नज़र नही आ रहे है
इसमे हिन्दू कौन है
इसमे मुसलमान कौन है
ये सब इन्सान है ना

Krati
LUCKNOW

दोस्ती

ईश्वर
खुदा
कालू और शानू दोस्त थे। कालू की मम्मी उसे रोज पूजा करना और शानू की अम्मी नमाज सिखाती थी।
कालू, तू पूजा क्यों करता है?
मम्मी कहती हैं पूजा करने से अच्छे नंबर मिलते हैं।
अच्छा, मैं भी पूजा करूँगा तो अच्छे नंबर मिलेंगे
हाँ, हाँ। शानू तुम बताओ तुम नमाज क्यों पढ़ते हो?
अम्मी कहती हैं नमाज पढ़ने से दौलत और शोहरत मिलती है।
क्या मैं भी नमाज पढ़ूँगा तो मुझे दौलत और शोहरत मिलेगी?
दोनों एक दूसरे को नमाज-पूजा सिखाते हैं।
हमसे तो अच्छे हमारे बच्चे हैं जो दोनों धर्मों की अच्छी बातों को सीख रहे हैं भेदभाव नहीं करते।
ठीक कहते हैं आप
Manjari

जाति छोड़ो प्रतिभा देखो
रामपुर के विधालय मे------।
विधालय
अरे लड़की तू मटके को हाथ क्यों लगाती है। चल-चल दूर हट
!???
क्या मैंने छोटी जाति मे जन्म लेकर कोई जुर्म किया है। मैं इस जाति भेद को पीछे रख कुछ कर दिखाऊगी
बीस साल बाद
OFFICE
शीला अरे तुम
मेडम आप मैं यहाँ की अफसर हूँ मेडम कहिये मैं आपकी क्या सेवा करु
शिक्षा विभाग
मैंने उसके साथ कितना बुरा व्यवहार किया मैं मैं कितनी गलत थी
MANJU Kaur
SAMontar Bharatpu

धर्म या धारणा?

जय श्री राम
बेटा, हमें सिर्फ़ अपने ही धर्म के लोगों के साथ संबंध रखना चाहिए..
UNITED WE STAND
पिकनिक पर...
मैं अज़ीज़ खान हूँ। तुम्हारे स्कूल में नया हूँ। क्या तुम मुझसे दोस्ती करोगे?
मैं और इससे दोस्ती... नहीं।
UNITED WE STAND.
ओह! मैं पिकनिक स्थल पर किताबें भूल आया और कल मेरी परीक्षा है!
कोई बात नहीं.. तुम मेरी किताबें लेलो...
किताब
UNITED WE STAND..
मैंने धर्म के कारण तुमसे दोस्ती नहीं करी मगर फिर भी तुमने मेरी मदद की। शुक्रिया। तुम बहुत अच्छे हो।
UNITED WE STAND..

नवनी कोठारी

२१ सितम्बर २०१०: अयोध्या में पावनजी धोबी सलमाबी के घर कपड़े लाने जाते हैं...
बाबरी मस्जिद निर्णय
आज रेडियो पे भी यही खबर सुनी थी
अरे किसी को जेल-वेल नहीं होगी... पर मंदिर बन जाएगा
नहीं! मस्जिद!
अरे मैं तो घर ही रहूँगा... दंगे होने वाले हैं वापिस।
और
चीखें
क्या होगा?
आज निर्णय निकल रहा है... सावधान रहना!!
काश वे मंदिर-मस्जिद छोड़कर एक पार्क बना दें जहाँ आपके और हमारे बच्चे साथ-साथ खेल सकें... और ऐसा दिन वापस देखना न पड़े!

नेहा बुच

बड़ा कौन?

नई साल की सुबह जब सोनू उठकर अपनी दादी माँ के पास जाती है...
सोनू बेटा आज जो भी बड़े लोग घर आये उनके पैर छूकर आशीर्वाद लेना
जी हाँ दादी माँ
शाबाश सोनू
आशीर्वाद दीजिये चाचा जी
खुश रहो सोनू बेटी
कुछ देर बाद घर पर नौकरानी आती है और फिर...
वाह! बिटिया भगवान तुमको खूब खुश रखे
नये साल के लिये आशीर्वाद दीजिये बाईजी
अरे! मुर्ख हो क्या? आज के बाद कभी भी इन छोटे लोगों के पैर नहीं छूना
समझ नहीं आता कि काम से कोई छोटा या बड़ा कैसे हो सकता है?

NIDHI SHEKHAWAT.

बदला सबको

जब लक्ष्मण नया-नया गाँव से कॉलेज आया
क्या गाँव वाले कलाकार नहीं बन सकते ?
देख इस गाँव के गवांर को ! अपने आप को बड़ा कलाकार समझता है इसके तो मजे लेंगे।
GO TO
लक्ष्मण ने अपने दिन-रात कला की साधना में लगा दिए !
चल ना पार्टी करते हैं इसको साथ ले जाना तो बेजती करवाना है
दो साल बाद
अरे! लक्ष्मण का फोटो ! इनाम जीता है !
देखे तो! यार हम तो इसे हमेशा नीचा दिखाते हैं।
यार हमने तो तेरी छवि तेरे कपड़ो के आधार पर बना ली थी
यार हमें माफ कर दे
कोई बात नहीं यार ! तुमने समझा तो सही !

Prem

छुआ - छूत

राम राम राम.. मार दिया ..।
बचाओ.. बचाओ पानी ..।
अरे। देख नहीं रहे क्या पंडित जी।
हरिजन है। इसको छूने से मेरा धर्म भ्रष्ट होगा।
थोड़ी देर बाद..
माफ करना पंडित जी। तुम्हारा कोई सहयोग नहीं कर सकता, क्यों कि मैं भी हरिजन हूं..।
बचाओ पानी

प्रियंका बोमपाडू

कृपा करेगी
रामपुर गाँव में राजा और रानी दो भाई बहन रहते थे।
आजा राजा तुम्हें खाना खिलाती हूँ.
राजा को माँ बड़े प्यार से खिलाती हैं. और मुझे बासी रोटी। काश मैं भी लड़का होती।
दूसरे दिन....
अरे तू पढ़ कर क्या करेगी
आज कल तेरी जबान कैंची की तरह चलती है.
मैं भी पढ़ूं ताकि कोई मुझे अनपढ़ ना कहे।
तीसरा दिन...
जीवन भर तो लड़के को सारी सुविधा देते हो बुढ़ापे में क्या होता है। रे भइया...
क्या आज जो नाटक में दिखाया वह सही है आज मैं राजा और रानी का परीक्षा लेती हूँ।
राजा बेटा एक गिलास पानी पिला
भाग बुढ़िया तोड़ा दूर दम पानी चाहिए.
माँ पानी लिजिए.

भेदभाव...

आइए सर
अबे ओए तुझे पीछे गेट दिखाई नहीं देता चल जा, पीछे से आ
DTC
अब्बल अमीर और गरीब में इतना भेदभाव दोनो हैं तो इंसान...
अगले हफ्ते...
चढ़ूँ या न चढ़ूँ कहीं भगा न दे।
आ जा आगे से ही आ जा

किसकी बात

बेटा और खाओ, लो, और घी ले लो
माँ हमेशा भाई को अच्छा खाना मिलता है मुझे क्यों नहीं
बेटा तो बड़ा होकर वंश बढ़ाता है
पापी आप तो बच्चे को जन्म देने वाली हैं
हाँ बेटी, जल्द ही हमारा परिवार बढ़ जाएगा
अच्छा, वंश चाची बढ़ाती है, पर माँ कहती है की बेटा वंश बढ़ाता है

SANTOSH
SeC-V

पक्की सड़क

एक गांव में...
बरसात के दिनों में सड़क की हालत बहुत ही खराब हो जाती है
हां..भाई
हमें कुछ करना चाहिए...
हां चलो ग्रामसभा में इस बात को रखते हैं...
भाइयों हमें अब सड़क के लिए विकास पदाधिकारी को आवेदन करना होगा
कुछ महिनों बाद...
अब हमारे गांव की सड़क भी पक्की हो जाएगी

नाम- आरसी तबस्सुम · सैक्टर I

जगाबुड़ा पुल....?
जब भी बारिश होती है..
इससे आगे बस जा ही नहीं सकती
तो अब हम यहाँ से जाएंगे कैसे..?
काम सिर्फ कागजों पर होता है
जगबुड़ा पुल जो भारी बरसात से क्षतिग्रस्त हो गया था। का काम शुरू हो चुका है। और कुछ ही महीनों में पूरा हो जाएगा। फंड की कमी महसूस हो रही है तथा
500
भ्रष्टाचारित...
सारी जनता सास बहू के सीरियल और लाफ्टर चैलेंज में मस्त है
हाँ हम तुम्हारी रीपल लाइफ पर लाफिंग कर रहे हैं
LG टेलीविजन

Devendra Ojha
Umang

यूं आई अक्ल

अरे सुनती हो मैंने बिटिया की शादी तय कर दी है।
अच्छा कीए।
छखीया जी की शादी की खबर एक आदमी देते है
छखिया जी इस गाँव में कम उम्र की लड़की की शादी हो रही है।
ऐसा क्या
मुखिया जी लड़की के माता पिता के पास आते है...
देखीए कम उम्र के लड़की की शादी करना कानूनन जुर्म है। और उसके जच्चा बच्चा पर बुरा प्रभाव पड़ेगा!!
मुझे माफ कर दीजिए।
अब मैं अपने लड़की की शादी 18 वर्ष होने पर ही करूँगा।
तुमसे यही उम्मीद थी

Anil Kumar
Sec (IV)

पानी का हल

गाँव चाँदबड़ में पानी की बहुत बड़ी समस्या है।
क्या बहन हम लोगों को ऐसे ही हमेशा दूर दराज पैदल जाकर पानी लाना होगा?
बहन हमारे गाँव में पीने के पानी की बहुत बड़ी समस्या है?
हाँ इसके लिए ग्राम सभा की बैठक बुलानी होगी।
हमें गाँव की पानी की समस्या का हल करना होगा।
ग्राम पंचायत द्वारा पानी की समस्या का हल किया गया सभी महिलाएँ खुश थी

कु. अंजु चौहान सीहोर

बेबसी

पे क्या थैले में उठाए लिए घूम रहा है तू
सर इसमें कचरा भरा है
मत मारो सर! क्या कूड़ा बीनना ही मेरा गुनाह है
मुझे पता है कूड़े के बहाने तुम क्या-क्या करते हो
CRIME BOARD
पैसे नहीं देगा तो यहीं सड़
क्या हर कचड़े बीनने वालों को यूँ ही जेल में डाल दिया जाता है
?

(खदीजा)
NEW (DELHI)

हिंसा मुक्ति

एक बार सियाणी गांव मे महिला मीटिंग---।
अरे! अध्यक्ष महोदय अभी तक नही आई
मै बुलाने जाती हूँ!
उसके घर जाने पर------।
मै नहीं आऊंगी मेरे पति ने मना कर दिया।
ओह! यह तो महिला हिंसा है!
ठीक है मैं आपके पति से बात करती हूँ।
पति को समझाने के बाद------।
?
मैडम इतने दिन मै गलत धारणा मे था, आज के बाद यह हर मीटिंग मे जा सकती है
वाह! हमारी मीटींग सफल हो गई, हमें भी घर से बाहर निकलने की आजादी मिली।
भाखर-चन्द

भाखर-चन्द वृकवाल

पोषाहर से चलती मोटर साईकिल

भाईयों मैंने आज विद्यालय के मास्टर जी को मोटर साईकिल की डिग्गी में पोषाहार ले जाते देखा
अगले दिन...
अरे! यह तो सही है किस तरह हमारी आंखों को धोखा दे रहा
सब मिलकर ठहरो गुरुजी आपकी मोटर साईकल की डिग्गी की तलाशी लेनी है. अरे! इसमें तो पोषाहार
पकड़े जाने पर मास्टर ने.........
आईन्दा मैं पोषाहार सही वितरण करूँगा मुझे क्षमा करें।

दूसरा दशक परियोजना बाप फलोदी

Vpo. भंवर लाल पंवार बाप जोधपुर

चुप क्यों रहें??

कलेक्टर साहब, इस गांव में किसी को कोई समस्या नहीं है।
तभी..
मुझे पिछले एक साल से छात्रवृत्ति नहीं मिल रही।
?!
मास्टर जी, इस लड़के को नियमानुसार छात्रवृत्ति मिल जानी चाहिए। ऐसी गलती दुबारा मत करना।
शाबाश, तुमने अपने अधिकार के लिए आवाज उठाई।

GOPAL SINGH.
BIKANER.

ये गाँव किसका?

सीता अपनी सहेली कृष्णा से मिलने जाती है।
अरे तुम्हारा गांव तो बड़ा स्वच्छ है। सब सुविधाएं हैं।
हां! गांव वालों की एकता, सक्रियता व विकास में भागीदारी की वजह से।
उचित मूल्य की दुकान
कचरा पात्र
बस स्टेण्ड विजयपुरा
वह कैसे?
हम सब ग्रामसभा, कोरम में जाते हैं। मुद्दे लिखवाते हैं वार्ड पंच, सरपंच को बताते हैं। हमने गांव की स्वच्छता और सभी मुद्दों को ग्रामसभा मे रखा। आज परिणाम तो...
मुझे क्या सरपंच से दुश्मनी मोल लेना है।
मैं ग्रामसभा मैं जाऊगा तो कमाएगा कौन? और गांव के विकास का ठेका मेरे अकेले का तो नहीं है ना!!
बहन, हम तो अपने पति से आगे नहीं चल सकती हैं।
काश! मेरे गांव मे भी एकता होती। अब समझ आया, कृष्णा का गांव इतना स्वच्छ क्यू है।
ग्राम पंचायत
"क्या मेरे यहाँ भी एसा होगा?

ममता रांका

राजस्थान (देलवाड़ा)

मेरा राशन किसने खाया?

राशन का गोदाम
गेहूँ-7 चावल-3
मेरे बच्चे भूखे मर जाएँगे!!! 11 महीने से मुझे राशन नहीं मिला। लालाजी! मेरा राशन?
नहीं है राशन! भागो यहाँ से।
BPL
राशन डिपो
क्या आप को कोई परेशान कर रहा है? आज ही सम्पर्क करें। सूचना का अधिकार 9250400100
सूचना का अधिकार
मुझे राशन नहीं मिल रहा है। मैं सूचना के अधिकार के अंतर्गत एक आवेदन डालना चाहता हूँ!!!
जी हाँ! फिर सब सवाल पूछ कर अपना आवेदन जन सूचना आयुक्त को जमा करवा दीजिए!!!
10 दिन बाद
आपका दो साल का राशन सरकार ने भेजा है। मुझसे कोई गलती हो गई हो तो ....

Subodh Gupta
(Delhi)

कब तक डरेंगे हम

पंच का बेटा मंगलु चोरी में पकड़ा जाता है, पर ....
नहीं नहीं छोटी सी चोरी की सजा हें मंगलू की शजा नही मिलेगी
क्यों सरपंचजी आपके बेटे की तो सजा नही मिली थी इसी अपराध के लिए फिर अब ....
कुछ दिन बाद एक और गाँव वाला मोहन अब चोरी में पकड़ जाता है
इस चोर को शजा मिलनी चाहिए
ओह सच में न्याय सबके लिए बराबर होना चाहिए

Name - Naresh Kumar Bodat

अब शंघाई दूर नहीं।

बाहर के देशों में कितनी सफाई है। हमारे देश में इतनी झुग्गियां है
क्या बात है commenwealth games के लिए झुग्गियों का सफाया किया जाएगा।
हा! हा! अब हम भी साफ कॉलोनी में रहेंगे।
अगले दिन...
पता चला तुम्हें उन झुग्गियों का सफाया होगा।
इनको तो मुआवज़ा भी नहीं मिलना चाहिए
शाम को...
क्या तुमने अखबार आधा पढ़ा था, Metro बनाने के लिए हमारी कॉलोनी का भी सफाया किया जा रहा है, और मुआवज़ा इतना भी नहीं कि हम कहीं झुग्गी खरीद सकें
हमारा क्या होगा?

नीरज ठाकुर
दिल्ली

वोट हमारा, राज हमारा, लेके रहेंगे लेके रहेंगे !!

पाटीलजी, अब क्या होगा ? सरकारने इस बार प्रधान की सीट महिला के लिए आरक्षित की है।
अरे, सीट तो मै लेके रहूँगा ! सोच रहा हूँ बहू को खडा करूं!
अगर पाटील को मात देनी है तो हम बचत गुट की महिलाओंको अलगसा महिला पॅनल खडा करना चाहिए!
जरूर! जरूर!!
गाँववालो, इस बार वोट मुझे नही मेरी बहू को देना है, ध्यान रहे!
महिला पॅनेल की बात पर सभी बचत गुट के महिलाओंकी सहमति हो गयी। सभीने एकविचार से गाँव की समझदार कमला को अपना नेता चुना।। महिलाओंकी समस्याओंका मुद्दा उठाते प्रचार किया।
महिलाओंकी मुश्कीले कम करना और पाटील के अत्याचारो से मुक्ती के लिए महिला पॅनेल को वोट दे।
हाँ!
हाँ।
इस तरह से महिलाओंकी संघठित शक्ति ने गाँव के विकास की बात करने वाले महिला पॅनेल को जिता दिया। पाटील की हार हुई। महिलाओंने अपना हक पा लिया।
जिंदाबाद !
जिंदाबाद !!

प्रिया आलम

हक हमारा
कटरा गाँव में मुखिया के खेत में कुछ मजदूर काम करते थे.....
मुखिया जी काम हो गया, मेरी वेतन.....
ये लो अपने 50 रुपये।
घर आने के बाद....
बेटा, मर्दों की अपेक्षा हम औरतों को कम पैसे क्यों मिलते हैं?
क्या, मां समान काम का दोनों को एक समान पैसे मिलते हैं। पर तुम्हें...
अगले दिन.......
मुखिया जी, मैं आज कम पैसों पर काम नहीं करूंगी।
जा-जा, काम नहीं करोगी, और औरतें थोड़े ही न हैं।
लगता है ये हक की बात सभी को बतानी होगा...
उसके बाद...
बहनो, हमलोगों को समान काम का समान वेतन मिलना चाहिए....
लगता है अब पूरा वेतन देना ही होगा...
हाँ, हाँ

SHANKAR Prajapati
Sec-V KAPARPUR
KANTI

हक की लड़ाई

सरपंच के चुनाव में इस बार भी रामलाल को ही वोट देना है----। सुधाऽऽऽ--- तुम और माँ चुनाव चिन्ह देख लो-
रामूलाल ही क्यों--? सन्तोष क्यों नहीं---, वो तो शिक्षित और सरल भी है--फिर-
वो हमारे काम आता है--
मैं तो अपना वोट, अपनी मर्जी से प्रयोग करूँगी-
और मैं भी--
अब तुम अन्दर बन्द रहो, देखूँ कैसे वोट डालती हो--?
बाद में गाँव के लोगों ने सुधा और उसकी माँ को रिहा करा लिया--
अगले दिन ---
मतदान केन्द्र
बूथ-1
बूथ-2
हमारा वोट, हमारा अधिकार। अपनी मर्जी से हम प्रयोग करके अच्छा सरपंच चुनेंगे---

Satish Chandra Gangwar
Gwalior (M.P)

लालच का फल

अगस्त 2006

एक बार गाँव मे सड़क के लिए पैसा आया..
घटिया काम
गाँव वालो के पूछने पर....
जितना पैसा आया उतने की बना दी अब जाओ।
सबक सिखाना पड़ेगा!
गाँव वाले मिलकर पंच के पास जाते है....
आप सब लोगो की राय से सरपंच को हटाया
हाय मैंने लालच क्यों किया।

प्रकाश मालवीय

हिरनखेड़ा 9 Th

☎ - 07570-222969

प्रदुषण...

अरे! इस कारखाने की वजह से हमारी सारी फसलें बर्बाद हो गई।
कारखानों को बन्द करो.....
कारखानों को बन्द
आह! हम जीत गये
कारखाना

(ANGLO-ARABIC)

ABDUL KADIR

2 बूंद जिन्दगी की

सुनो! कहीं हमें पिछले वर्ष की तरह सूखे और पानी की समस्या का सामना करना पड़ा तो हमारा जीना मुश्किल हो जाएगा। क्या करें।
हमें गाँव में तालाब खोदना चाहिए जिससे की वर्षा का जल उसमें एकत्रित हो और हम उसका उपयोग कई अन्य कार्यों में कर सकेंगे।
ये तो बहुत अच्छा विचार है।
गाँव के लोग एक तालाब बनाते हैं जिसमें वर्षा का जल एकत्रित हो जाता है।
देखो जल संरक्षण से हमारे गाँव को कितना फायदा हुआ है। लोग कितने खुश हैं।
हाँ, तुम ठीक कहते हो अब हमें पानी की समस्या का सामना नहीं करना पड़ेगा
दूसरे गाँव में
देखो पास के गाँव में लोगों ने किस तरह से पानी की समस्या का समाधान किया है अब हमें भी यही उपाय करना चाहिए" और "दूसरे गाँव में यह समाधान बताना चाहिए।"

Anjani Saini
Class- XIIth A
Saini Se. Sec. School Alwar

विरोध

एक गाँव में कुछ गुंडे प्रवृति के लोग रहते थे।
क्यों बे तेरे से 10000 रूपए और बीबी के गहने का बोला था ना! चल निकाल।
ये लीजिए भाई आप रूपये और गहने भी।
लोगों के विरोध करने पर
क्यों बे जबरन लोगों से पैसा बसूलता है।
गबरू दे तो इस बुड्ढे को तीन चार हाथ गढ़बढ़ करता है।
यस बास ?
गाँव के उस व्यक्ति को पिटता देखकर गाँव वालों ने विरोध किया।
मारो सालों को!
अरे भागो गबरू ये गाँव वाले तो जाग गए।
दरोगा साहब। यही बदमाश थे वे।
क्यों बे दादागिरी दिखा रहा था चल तेरे को सबक सिखाता हूँ।

चम्पालाल कुशवाहा 'ग्राम सेवा समिति' हिरनखेड़ा

बोरिंग की समस्या

ओह! बोरिंग खराब------
अब क्या करे?
बोरिंग खराब हो गया ठीक कराने में बहुत खर्चा आयेगा
हम कुछ रुपये जमा करके अपना बोरिंग ठीक कर लें
हाँ हाँ क्यों नहीं।
और फिर---
अगर हम खुद प्रयास नहीं करते तो बोरिंग आज भी ठीक न होता

NAME-CHHABILAL NAG
VANVASI CHETNA ASHRAM
KAWALNAR DANTEWADA (C.G.)

मासूम रेनू

रेनू तुझे पढ़-लिखकर डाक्टर बनना है।
मां मैं खूब मेहनत करूंगी।
मां की मृत्यु के बाद रेनू के पिता ने दूसरी शादी कर ली और......
भेजती हूँ तुझे स्कूल।
मां...
अरे बहन रेनू के साथ बहुत अत्याचार हुआ
कुछ समय बाद रेनू के माता-पिता दिल्ली चले गये। तब एक शिक्षक रेनू से मिलें।
बेटी चिन्ता मत करो। तुम्हारी पढ़ाई मैं पूरी करवाऊंगा।
जी। धन्यवाद मास्टर जी।

From → Deepak Sah
UMANG GARSAIN

स्वावलम्बन

गांव जंतर में महिलाओ ने बैठक--
बहनो हमें स्वरोजगार के लिये कुछ उपाय करना होगा
हाँ कुछ पैसा इकट्ठा करते हैं
और फिर उस पैसो से महिलाओ ने मछली पालन शुरू किया
वाह! देखते हि देखते कितनी मछलीं हो गई हैं
और मछलीं पालन से खूब आमदानी--
अब हम गांव वालो की मदद कर सकते हैं
पुस्तकालय
वाह! आपने अपने पैसो से बच्चों के लिये पुस्तकालय खोलकर नयी मिसाल पैदा की

पकड़ा गया पानी
5 वर्षों से अकाल...
अरे भाईयों हमारे गाँव में अकाल पड़ता जा रहा है
सरपंच जी आप ही उपाय करें
मुझे ही सोचना पड़ेगा
दूसरे दिन...
रामू काका कहां जा रहे हो
सरपंच जी खेत पर मेडबन्दी करने जा रहा हूँ
वर्षा होने के बाद...
हमारे खेत में पानी बहकर जा रहा है
रामू काका के खेत में पानी भरा है!
कुछ महिने बाद...
रामू काका आप के अनाज कैसे हुआ हमारे खेत तो बर्बाद हो गये
सरपच साहब, आप व गाँव वाले नरेगा में मेडबन्दी करवा लो
GOTTAM GOUR
GVNMI

शुद्ध पर्यावरण - सुखी जीवन

क्या करें विमला, बस्ती में गंदगी फैली है। लोग बीमार पड रहे है।
कुछ किजीये, नहीं तो इस बीमारी से सारा जीवन तबाह होगा।
सुनो इस बस्ती की गंदगी हटाने के लिये हमे लड़ना पडेगा नहीं तो बस्तीमें महामारी फैल जायेगी।
हाँ हमें इस प्रशासन की लापरवाही के खिलाक संघर्ष करना है।
सर बस्तीमे तेजी से बीमारी फैल रही है। अगर तुरंत कदम नही उठाया गया तो.....
जिंदाबाद!
ठीक है मैं जल्द ही आपकी बस्ती मे सफाई अभियान शुरु करता हूँ
बस्ती की गंदगी हट गयी। बीमारी खत्म हो गयी। खुशीया लौट आयी।

• Ketan pimpalapure, NGP. (M.S)

डायन प्रथा
एक गांव में कजरी नाम की जो विधवा थी अपने थोड़े से, जमीन पर खेती बाड़ी करके अपनी जीवन यापन करती थी।
काश। इसकी जमीन हमारी हो जाती।
मुण्डाजी हम लोगों को यदि इसकी जमीन दिलवा दें तो मैं आप को भी माला माल कर दुगाँ।
इसके बाद कजरी को डायन कह कर प्रताड़ित करने लगे/ तब......
कजरी समिति के साथ थाने जाकर पुरी बात बता देती है। इस पर पुलिस अपनी कारवाई करती है।
काश! की मैं लालच ना किया होता।
यह सब तुम्हारी जागरूकता का परिणाम है।
जिला महिला समिति
एम० एस० राजा/ जिला महिला समिति

एक अनोखी पहल

एक दिन पंकज बस से घर जा रहा था। अचानक पुलिया पर....
ट्रैफिक जाम! कैसे? देखना पड़ेगा।
पों पों पों पों
आधे घंटे से ट्रैफिक जाम था, और लोग सिर्फ तमाशा देख रहे थे।
ट्रैफिक पुलिस कहाँ है?
टेम्पो खराब हो गया, कुछ करना पड़ेगा।
आइडिया
अगले ही पल...
आइये क्यों न हम टेम्पो को उठाकर एक तरफ कर दें। फिर ट्रैफिक निकल जायेगा।
हाँ...हाँ...हाँ
लहरों से डरकर नौका पार नहीं होती, कोशिश करने वालों की हार नहीं होती

पंकज यादव
(जयपुर)

उजालेकीओर
एक गाव था रामगढ़ उस गाव मे एक ही हेण्डपम्प था। गांव के सभी लोग उसी से पानी प्राप्त करते थे।
मोहन मस्ती मत करो
गाँव के कुछ लोग हेण्डपम्प को ठीक नहीं रखते थे।
इसी कारण एक दिन वह हेण्डपम्प खराब हो जाता है।
ओह यह तो खराब हो गया अब तो गाँव मे पानी की किल्लत हो जाएगी
उसी गाँव के एक यूवक को हेण्डपम्प सुधारने का कार्य आता था। गाँव वालो ने उससे हेण्डपम्प सुधारने के लिये कहा
राजेश तुम इस हेण्डपम्प को सुधारते क्यो नही
आप सभी यह वादा करो कि इसे व्यवस्थित रखोगे
हम सभी यह वादा करते है।
सभी गाँव वालो ने राजेश की बात मान ली तथा राजेश ने हेण्डपम्प सुधार दिया।
अब हम इसे सही-सलामत रखेंगे
राकेश विनोले

समझदार ग्राहक

एक दिन...
अरे, मोहन तुम्हे कल होटल मे काम करना है।
बापू अभी तो मैं छोटा हूँ।
होटल में...
ये गलत है, पुलिस को बताना होगा...।
तूने प्लेट तोड़ा!
बचाओ...!
थाने में....
क्या?
सर, एक होटल मे एक बच्चा पीटा जा रहा है।
एक तो बच्चे से काम, उपर से पिटाई? दो-दो जुर्म एक साथ?
BIHAR HOTAL

(Rohit Kumar)
(Sec V)
Kaparpura

चाहत
एक गाँव मे मीना के परिवार वाले एक साथ रहती है
बेटी बकरी लेकर चराने जाओ
ठीक है माँ . . .
मीना बकरी लेकर जाती है तब...
स्कूल
अरे कहाँ जा रही हो रानी..
स्कूल जा रही हूं...
तुम मेरे साथ स्कूल क्यों नही जाती हो
मै तो पढ़ना चाहती हूं लेकिन घर वाले नही पढाते है
अरे स्कूल कहाँ से भेजू स्कूल पैसा है कहाँ हमारे पास
अरे आप को नही पता सरकार मुफत की शिक्षा देती है
Name = Shabana
Sec = (1)

भ्रष्टाचार

रामू नौकरी के लिए सरकारी कार्यलाय में आवेदन देता है।
...नौकरी पाना है तो 15,000 रु० लाओ...
भारत
घूस मांग रहा है? कोई उपाय नहीं! हम सब मिलकर सबक सिरवाएगें।
दिन...
साला... बेईमान
आईऽऽ
उसके बाद रिश्वतखोर आधिकारी को पुलिस के हवाले कर दिया।
आया।

श्याम चरण बिरूवा

हम सब एक हैं।

राजू का दोस्त श्याम छोटी जाति का लड़का था।
राजू बेटा! श्याम के साथ मत खेलो। वह छोटी जाति का है। हमारा धर्म भ्रष्ट होगा।
अगले दिन स्कूल जाते समय...
आह! मर गया!
अरे राजू! आह राजू!
श्याम उसे हॉस्पिटल लेकर जाता है। राजू को खून की जरूरत होती है। श्याम का ब्लड ग्रुप राजू के ब्लड ग्रुप से मैच कर जाता है।
अब मेरा दोस्त बच जाएगा
थोड़ी देर बाद राजू की माँ अस्पताल आती है।
शाबाश बेटे! आज तुम न होते तो न जाने क्या होता। आज मैंने जाना ऊँची-नीची जाति कुछ नहीं होती ये सब तो झूठ है।

Venus Sharma
Shri Oswal Jain Sen. Sec. School, Alwar

बड़ी भूल

एक गाँव में रमन का परिवार रहता है...
किसन तू पास हुआ है?
हाँ पापा, तुम्हें कल स्कूल में बुलाया है।
श्रीमान मुझे क्यो बुलाया?
आप किशन का जन्म प्रमाण पत्र लाओ मैं उसका दाखिला नवोदय में करवा दूँगा।
आप किशन का जन्म प्रमाण पत्र लाए!
यह क्या होता है?
बिना इसके किसन का प्रवेश नहीं होगा आप इसे जरूर बना लेना।
ओह! ये ठीक हुआ मेरी गलती का पता मुझे समय से मिल गया।

पुष्कर सिंह अधिकारी

कगास - चम्पावत

अच्छी जीवन सच्चा
सोनू बधाई हो। तुम्हारे लड़की होने वाली है।
क्या! लड़की?
साहब हमें छोरी नही चाहिये। हमे बच्चा गिरवाना है।
लड़की होने के कारण यदि आप गर्भपात करवाना चाहते है तो ये कानूनी अपराध है।
पर सोनु नही माना
सुन, आज अस्पताल जाना है। और बच्चा गिरवाना है। मुझे छोरी नही चाहिये।
नही नही मैं ऐसा नही करूँगी
तुम्हे पता नही कि किस तरह हमारे देश की महिला आगे बढ़ रही है। हमारे देश की राष्ट्रपति प्रतिभा पाटिल भी एक महिला है जो कि देश मे कितना नाम कमा रही है।
हाँ - हाँ मैं समझ गया। अब मैं गर्भपात नही करवाऊँगा।
Name- Poonam Saini
Class- XIth C
School- Saini Se. Sec School Alwar (Raj)

दहेज प्रथा

एक परिवार में माता पिता और उनके दो बेटी रहते थे। वे बहुत गरीब थे।
मीरा के लिए एक रिश्ता आया हूँ कहो तो उनसे बात करूँ
अच्छा तो ठीक है
और कुछ दिन बाद मीरा की शादी हो जाती है वह अपने ससुराल चली जाती है।
शुभः विवाहः
और कुछ दिन बाद दहेज न मिलने के कारण मीरा का पति मीरा को मारता-पीटता।
बचाओ आऽऽऽ बचाओ
मीरा अपने मायके चली जाती है अपने माता पिता से शिकायत करती है पुलिस थाने मे रिपोर्ट लिखवाती है और पुलिस उसके पति को जेल ले जाती है
जेल
मुझे माफ कर दो साहब
जल्दी-जल्दी अंदर घुसो

नाम—नीतू कुमारी पान
तिरिलबासा

जन्म पंजीकरण क्यों

बधाई हो-पर जन्म पंजीकरण करना नही भुलना
NGO
रामु का NGO का बात भुल जाना और पॉच साल बाद...
सुचना पट्ट
बिना जन्म प्रमान पत्र दाखिला नही होगा "आदेश अनुसार"
विद्यालय
अब क्या होगा
दाखिला नही होने का कारण परिवार को बताता है
NGO वाले कहे थें फिर आप क्यों नही किया
हॉ मुझे पंचायत जाना ही होगा
और विलम्ब शुल्क देकर जन्म प्रमाण पत्र बनाता है
यही अगर आगे किया होता तो बाबु का दाखिला हो जाता
पंचायत भवन
जन्म प्रमाण पत्र
देर आयें दुरुस्त आयें
Manoj Ghosh
Jamshedpur.
06.10.07
Adarsh Seva Sansthan, Sonari.

ये तेरा घर ये मेरा घर

हमारे क्षेत्र के लोगों को रोजगार मिलना चाहिए।
!!!
इसे सबक सिखाना चाहिए.
हाँ, ये, ज़रूरी है।
डॉ. साहब से मिलकर योजना बनाते हैं।
तुम्हारे फेफड़े, हृदय व किड़नी काटनी पड़ेगी
ये सब कट गया तो मैं ज़िंदा कैसे रहुगाँ
तो फिर देश को भी इस तरह काट दिया जाए तो...
ओह!

Lalit Joshi
Bikaner.

खर्चा-पानी

नाले से कितनी बू आ रही है
हम सफाई निरिक्षक के पास चलें
निरिक्षक के कार्यालय मे
हमारे नाले की सफाई करा दीजिए।
हो जाएगा मेरा खर्चापानी पक्का ना
फिर पर्यवेक्षक के ऑफिस...
मैं जाँच करता हूँ
सफाई निरिक्षक ने सफाई के लिए रिश्वत माँगी है
सफाई पर्यवेक्षक के आदेश से नाला साफ हो गया।
मुझे माफ कर दीजिए
कर्तव्य के लिये रिश्वत नहीं होती

अभिषेक चाँवरिया
(प्रवाह, जयपुर)

आवाज उठाओ

अरे क्या नाचती है, और क्या गाती है, इसलिए मेरी तरफ से लो दस हजार रु.
अरे ये न होती तो मैं पैदा भी नहीं होता
इस बार मैं पहले से सुन्दर लड़की लाया हूं इस लिए दस हजार लूंगा
ये लो तुम्हारे पैसे अब ये लड़की हुई मेरी
इस सब से पड़ोसी बहुत परेशान रहते हैं।
या भगवान हमे अपने ही घर में डर डर कर रहना पड़ता है।
आखिर कब तक चुप रहेंगे हमें मिलकर आवाज उठानी ही पड़ेगी।
और पुलिस मे शिकायत
अरे भागकर कहां जाओगी फिर तो पकड़ी ही जाओगी
भागो भागो पुलिस का छापा पड़ रहा है।
Art by Afsana

पश्चाताप

एक गाँव में छोटू राम का परिवार रहता था।
मुझे एक साथ शादि करनी है।
हाँ तभी तो खर्चा कम होगा
विवाह स्थल
एक साल बाद----
छोटी उम्र में गर्भवती होने के कारण मौत हो गई...
दोनो परिवार मिलकर...
हमे छोटी उम्र मे शादि नही करनी थी।
नाम : डोली
उम्र = 12

छोटी उम्र - बड़ा कमाल

एक गाँव में एक छोटी लड़की की शादी होने वाली थी।
अरे... मेरी शादी होने वाली हैं। मे अभी शादी नही करनी चाहती.... तुम ही कुछ कर सकती हैं।
अच्छा मैं देखती हूँ।
दूसरे दिन.....।
चाची इस उम्र मे बेटी का शादी नही करना चाहिए
चलो-चलो हमको समझाने चली हैं।
दूसरे दिन कुछ लोगों के साथ...।
सर मेरी छोटी सहेली की शादी हो रही हैं जल्दी चलिए....।
ऐसा.... चलो मैं आता हूँ..।
W.C.1 थाना
शादी के समय....!
तुम छोटी उम्र मे बेटी की शादी करा रहे हो
अब जेल मे जाना पड़ेगा...।
न जाने इतनी छोटी लड़की को कानून की समझ कैसे?
Amitesh

आँख खुले तो सबेरा

एक लड़की का गाँव से मुंबई आना।
हे राम! आखिर में मैं मुंबई पहूँच गयी। कितना बडा शहर?
मुंबई में... उसे सपने दिखाना उसका फसना।
क्या बात है, हम जिसे ढूंढ रहे थे वो हमारे पास आ रही है। चलो हम इसे फसाते है, और ले जाके धंधे में लगाते हैं। वाह! चलो।
हम एक फिल्म बना रहे है क्या तुम काम करोगी? तो फिर चलो हमारे साथ।
हाँ-हाँ मैं काम करूँगी। मेरा भी यही सपना है।
चलो कॅमेरा लायो। इसे बेहोश करके फिल्म लेते है। चलो सब काम पे लगो। उसे पता नहीं लगने देना है। चलो-चलो
अ...अ...मैं तो यहाँ आके इस धंधे में फस गयी। कोई भी मेरी मदद नहीं करेगा। मुझे खुद निकलना होगा।
चलो हम सब तुम्हारे साथ है
भागकर पुलिस के पास जाना।
चलो जो कुछ हुआ अच्छा हि हुआ। हमें कभी भी ऐसा नहीं करना चाहिए। गाँव में हम सब खुश थे, पर यहाँ आकर हम नरक में फस गयी इसलिए हमें बडे शहरों में संभालकर रहना चाहिए।

COMIC BY :

का अंधेरा
मेरे दादाजी कहते थे पगड़ी पहनने से हम बुरे कामों से बचे रहते हैं।
मेरे पापाजी कहते हैं टोपी पहनने से हमें लोग मान सम्मान देते हैं।
अच्छा! तो चल टोपी बदलकर देखते हैं।
और कल मास्टरजी से भी पूछेंगे।
दोनों दूसरे दिन जाते हैं और मास्टरजी से पूछते हैं।
अरे बच्चो पहले ये बताओ! एक दूसरे की टोपी बदलकर तुम्हें कैसा लगा?
मास्टरजी, टोपी कोई किसी भी धर्म की पहने सबक तो सभी धर्म सही ही देते हैं
कौन कहता है बच्चे नासमझ होते हैं। बच्चों के सवालों से ही तो हम सीखते हैं।
AYSHA

खुले तो सवेरा

श्याम व उसकी माता बात कर रहे थे।
घर में पैसे नही हैं तुम्हें काम करना होगा।
ठीक है माँ मैं काम के लिए कल शहर जाऊँगा
शहर में----
कहीं काम नही मिल रहा।
इधर आओ मैं तुम्हें काम दूगाँ।
काके दा ढाबा
एक दिन वह बालक बैठा होता है। तभी उसका मालिक आता है।
काम की जगह आराम कर रहे हो ये लो।
?
आह-आह!
छोटे बच्चे से काम करवा रहे हो तो तुम भी अब मजा चखो
अरे! मुझे माफ कर दो।
आह-आह!

Ankita
School:- B-L Public
Sr. Sec. School.

एक और एक ग्यारह
राम और श्याम दो दोस्त है। और एक दिन...
अरे राम! क्या हुआ। परेशान दिख रहे हो
क्या बताऊ काफी मेहनत के बाद खेत में कुछ नहीं होता...
ठीक है! मैं तुम्हें कुछ तकनीफ बताता हूँ
क्या ऐसा होगा...
खेत पर...
चलो इस तरह खाद बीज दवा डालो...
देखते है तुम्हारी शिक्षा मेरे खेतो में कहां तक काम आती है
फिर कुछ दिनो बाद...
अब मुझे पता चला कि शिक्षा खेती में भी जरुरी है।
Satish Chaudhary

अधिकार है सशक्त हथियार

शंकर का परिवार बहुत गरीब है। इसी चिंता में शंकर की मृत्यु हो जाती है।
श्मशान-घाट
स्वैच्छिक संस्था शंकर के परिवार की सहायता के लिए मृत्यु प्रमाण-पत्र बनवाने की जानकारी देती है।
काम नहीं होता ----------
कार्यालय
सूचना के अधिकार तहत आपको फार्म भरना चाहिए।
अगले दिन फार्म भर दिया
तीन दिन में उसे मृत्यु प्रमाण-पत्र मिलता है।
कार्यालय
अब मुझे सहायता राशि मिल सकेगी।

कु. विभा राठौर (समर्थन) सीहोर